Hans-Erhard Henningsen

Der Doppelwumms

Ampelcrash mit einigen Bildern

Niemand kann mich hindern, lächelnd die Wahrheit zu sagen

HORAZ, 65 bis 8 v. Chr.

Bibliografische Information der Deutschen
Nationalbibliothek

Die Deutsche Nationalbibliothek verzeichnet diese
Publikation in der Deutschen Nationalbibliothek;
Detaillierte bibliografische Daten sind im Internet
über http//dnb. de abrufbar

Herstellung und Verlag: BoD - Books on Demand,
Norderstedt

ISBN: 978 3757 8237 26

Inhalt

Die Zeit verrinnt

Die Uhr tickt im Sekundentakt, und jedes
Mal wenn sie zart klackt, fehlt Dir ein
Stückchen Deines Lebens, denn die
Uhr zählt rückwärts Zeit, du hörst wie
wenig Dir nur bleibt.

Darum gehe nicht so verschwenderisch
mit Deiner Zeit um

Der Kuhfuß

Bricht sich die Kuh mal einen Zeh, so
tut ihr das gewisslich weh, doch klagt
sie nicht weil Hansaplast,* genau auf
dieses Bruchstück passt.

*aus dem Erste-Hilfe-Kasten

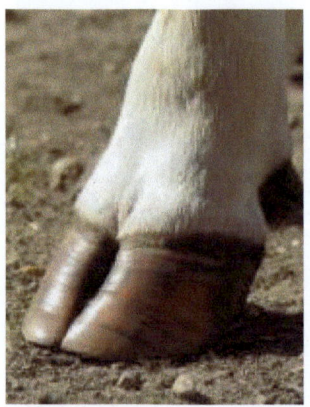 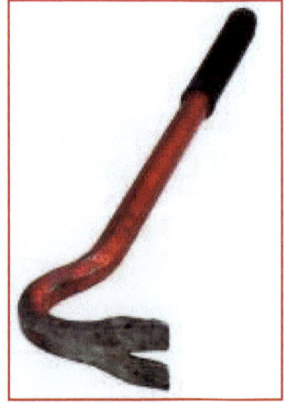

Nach Aussagen eines Landwirtes ist
dies links ein echter Kuhfuß, das
wurde außerdem tierärztlich bestätigt,
rechts ist eine billige Nachbildung zu
sehen, vermutlich aus asiatischer
Herstellung.

Die Fliege

Die Fliege brach das Schulterblatt, da
waren ihre Flügel platt, sie konnte
nicht mehr fliegen,
da konnt der Specht sie kriegen.

Drum Fliege brich nur Schulterblatt,
wenn Vögel in der Nähe satt

Wen soll man verehren?

Ich sah einmal auf einem Rasen, blau-
weiß-rote Kühe grasen, zwischen
Nord- und Ostseemeeren, wo sie sogar
ein Rindvieh ehren.

Kann nicht falsch sein, macht man
sogar in Indien, aber dort aus
religiösen Gründen; ob die bei uns so
oft verehrten Rindviecher wirklich
immer verehrungswürdig sind?

Die Muttersprache

Statt Zentrum steht **Center**, statt Geschäftsstraße **Mall**, die Deutschen haben einen herrlichen Knall (**a bang**) **Cash** oder Karte fragt die Dame am **Gate**, wenn man an der Kasse im **Stop and Go** steht.

Fahrkarten werden durch **Tickets** ersetzt, ein **Vocher** statt Gutschein wenn die Bahn dich versetzt. Verzieh doch nach England wenn es hier nicht gefällt, schnall den Gürtel dort enger, doch dort heißt er **Belt**.

Hinweis: Dieser Text kann auch gesungen werden, Melodie mit Refrain: Hola-di-hia, hola-di-ho.

Thank you !

Lebensverlauf

Dir schmeckt der Fisch, Dir schmeckt
die Wurst, es schmeckt das Bier gegen
den Durst, die Nachbarin mit grünen
Augen soll auch gut zum Vernaschen
taugen, man sieht Dich vor Problemen
stehen, was soll ich den zuerst nun
nehmen?

Mit achtzehn nascht du an der Dame,
mit sechzig frisst du erst die Wurst,
mit achtzig löscht du lieber Durst.

Fazit:

 Die Reihenfolge der Wahl zeigt, dass
die Vernunft mit der Lebenserfahrung
steigt

Spaziergang mit dem Hund

Ein Mensch geht mit dem Hund spazieren,
er auf zwei Beinen, Hund auf vieren, doch
wenn der Mann zwei Schritte macht, dann
macht der Hund zumindest acht.

So kommt, wenn man die Strecke kennt,
und der Hund mit Beinen rennt, die im
Verhältnis ziemlich klein, sowohl beim
Dackel wie beim Schwein, dem Hund die
Gehmedaille zu, ich denke so, und wie
denkst du?

Die Blattlaus Amanda

Auf einer Pflanze grünem Blatt, im
Blumenkasten der Veranda, fraß sich mal
eine Blattlaus satt, ihr Name war Amanda.
Da kam ein Käfer angerannt, der trug den
Namen Waldi, mit Einkaufsbeutel in der
Hand, er wollte schnell zu ALDI.
Waldi sah Amanda, wie sie geschickt vom
Blatte fraß, und da er ein schöner Mann,
machte er Amanda an.

 Amanda hat vor
Glück geweint, und
war mit Waldi bald
vereint, und wenn
sie nicht gestorben
sind, bekommen
beide bald ein Kind.

Amanda vor ihrem Schmink-Spiegel

Betrunkener Hund

Es war einmal ein bunter Hund, der
war ziemlich blau, soff einen Rotwein
aus Burgund, kippte um, was war der
Grund?

Zu viel Wein in seinem Schlund

Das Ende der Elektronik

Wenn es an jeder Kreuzung kracht,
dann ist Glatteis um halb acht, da hilft
kein Handy, kein Whats App, da hilft
dir auch im High-Tec-Land, am besten
eine Schaufel Sand.

Zahnschmerz in Usbekistan

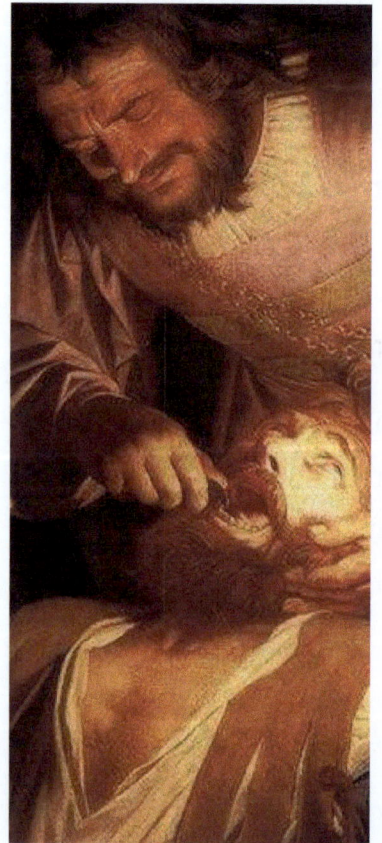

Es war mal in Usbekistan, da hatte jemand Schmerz im Zahn, konnt den Dentist nicht zahlen.

Da kamen zwei Usbeken und schenkten ihm Kopeken, da ward der Zahn sehr schnell gezogen, doch die Geschichte ist gelogen.

Es existiert jedoch dieses Beweisdokument

Der Körperschmuck

Bist tätowiert als Körperschmuck, hast
Ring in Nase, Loch im Ohr und
Fingernägel schwarz lackiert, und dein
Kopf ist kahl rasiert, trägst du dazu
falsche Wimpern und man hört den
Ohrring klimpern, Botoxspritzen in die
Lippen, und durch OP auch große ...na
ja, weist schon, dann bist du der
Schöpfung Krone, doch schöner wäre
es ganz ohne.
Bleib so wie dich Natur erschaffen,
wirst merken wie die Männer gaffen.

Hunger

Hast du Hunger ohne Ende, nimm ne
Bratwurst in die Hände, beißt du von
jedem Ende ab, bist du in zwei
Minuten satt.

Halunken

Es waren einmal zwei Halunken, wenig
Arbeit, oft betrunken, die raubten der
Oma den neuen Rollator, man wollte sie
hängen am Ast eines Baumes, jedoch
wurde ihnen das Leben geschunken, da
sie beim Rauben völlig betrunken, es
wurde ihnen also das Leben geschenkt,
und sie wurden nicht wie erwartet
gehängt.

Fazit:

Willst betrügen und rauben, betrink
Dich vorher, dann ist die Strafe die folgt
nur noch halb so schwer

Ringen, griechisch-römisch

Es war einmal ein Ringer, der brach
sich einen Finger, da war der Ringer
sauer und schrie vor Schmerzen
„aua!!!" Sein Gegner aber war sehr
froh, der siegte daher durch K.O.

Relief: Griechisches Kunstmuseum Athen

Berufe

Ich wäre gerne Staatsanwalt, oder
Jäger, Flinte knallt, oder auch ist
Osterhase etwa so nach meiner Nase,
oder Koch im IN-Lokal, dreimal
Hummer, zweimal Aal. Oder mach ich
Bürgermeister, oder Maler mit dem
Kleister, oder werd ich
Handwerksmann den man für Vieles
brauchen kann?

Werd Fahrer bei der Straßenbahn,
zeichne als Architekt den Häuserplan,
als Koch bereite ich die Speisen, als
Maler muss ich Wände weißen.

Für alles braucht man so viel Kenntnis,
und viel berufliches Verständnis, muss
pauken, lernen und erkennen,
beruflich darf man niemals pennen,
man muss viel wissen noch dazu, ich
mach was anderes, was machst du?

Ich gehe in die Politik, das macht
gewiss mein Konto dick, muss nicht
mehr ständig Schulung machen, und
lernen, pauken andere Sachen, kann
blöd sein wie die Haselmaus, dann ist
das Elend endlich aus.

Ein langer Hals

Hast du Langhals wie Giraffen, kannst du damit besser gaffen, zu sehen ob die Nachbarschaft vernünftig ihre Arbeit macht, ob Fenster sauber, Rasen kurz, ob Nachbarin die man gut kennt, wie immer im Bikini rennt. Natürlich bist du kein Voyeur, dein langer Hals macht es nicht schwör, so kannst du alles besser sehen, musst auch nicht auf den Zehen stehen.

Die Nachbarschaft hast du im Griff, wie Kapitän sein Segelschiff

Die Angeber

Mancher gibt beständig an,
wie schnell sein Auto fahren kann.
Ein anderer prahlt er kann viel saufen
ohne einmal zu verschnaufen,
der Dritte spricht von seinem Geld,
das sei sehr wichtig auf der Welt.

Ein Prahler mit gelocktem Haar,
berichtet wie's im Puff jüngst war,
drei Damen hat er in der Nacht,
nacheinander reich gemacht.

Dann schaut er lächelnd in die Runde,
mit stolz geschwellter Brust sogar,
bemerkt nicht Spott in anderen Augen,
von Menschen die zum Denken taugen.

Seid doch einfach mal zufrieden,
nicht viel reden und nicht lügen.

Survival of the fattest - Darwin: ...of the fittest

Die Flüchtlinge sind eine Last, die nicht in unser
Denken passt, das Leben ist schon schwer genug,

die leben doch nur
vom Betrug, wir
müssen schuften
und uns mühen,
von meinem Geld
ein ganzes Viertel,
brauch ich für
meine
Lebensmittel.

Ich bin ein
frommer Mensch,
ich habe einem
Flüchtling einen
Job verschafft, er
ist stolz, mich
tragen zu dürfen

Skulptur von Jens Galschiøtts, DK

Der bunte Hahn

Es fuhr einmal die Eisenbahn, über
einen bunten Hahn, da war die
Hähnin Witwe, beweinte ihren Mann,
doch kam sehr schnell der Nächste
dran.

Ernsthaftes Gedicht

Ein Leuchtturmwärter pflegt den
Turm, ein Vogel fängt den
Regenwurm, in Höhlen lebte der
Germane, zunächst noch völlig ohne
Fahne. Ein Bankräuber raubt eine
Bank, mein Konto ist gewöhnlich
blank, und wenn mein Hintern ohne
Hose, baumelt etwas ziemlich lose.

Ein Damenscheider schneidet Dame,
es rennt meist schnell der ewig
Lahme, Vorhersage von meiner Frau:
„Deutscher Meister HSV".

Die ganze Welt ist ziemlich öde, und Aussagen sind sehr oft blöde, ist Gott ein Mann oder ne Frau,? auch dieses weiß man nicht genau.

Wetter

Es tropft vom Himmel, der sehr grau, man sieht die Sonne nicht genau, es kommt aus Süden schnell ein Wind, dort rennt ein Wildschwein mit dem Kind, auf Blitz folgt oft ein Donnergrollen, man sieht einen Rollator rollen, das ist ein Fahrzeug für die Ollen.

Bergab die Füße hoch und los, die Einkaufstüte auf dem Schoß, das Tempo mehr als hier erlaubt, gut dass es regnet und nicht staubt, an jedem Ding ist auch was Gutes, der liebe Gott sieht es und tut es*.

*Er lässt es regnen damit es nicht staubt

Der alt Gestorbene

Er fraß die Pillen händeweise, und
dennoch starb er still und leise,
neunundneunzig Jahre alt, begrub
man ihn im Ruhewald.

„Er hätte doch noch leben sollen, wir
verdienen an den Ollen," sagt
Apotheker Emmo Krause und macht
beim Geldzählen eine Pause.

Wenn der Mensch sehr tot und kalt,
eingegraben wird im Wald, bricht
Umsatz ein beim Mediziner, beim
Apotheker und bei ALDI, und es weint
sein Dackel Waldi.

Kunst auf einer Insel

Geh mit mir auf eine Insel, nehme
Farbe und auch Pinsel, male
Sonnenuntergänge und von Möwen
die Gesänge, male auch das
Meeresrauschen, male Wattwurm und
die Muscheln und die Seehunde beim
Kuscheln, man kann so vieles sehr gut
malen, sowohl im Norden wie in
Fahlen.*

*Natürlich muss es Westfalen heißen, aber
dann ist der Reim in Mors.

Mors ist norddeutsch für ›Hintern‹

Im Urwald

Die Menschen im Urwald die hab
ich begafft, das sind ziemlich Wilde
bemalen sich schön, mit Asche und
buntem Gemüsesaft. Da sagt meine
Freundin als sie das sieht: „Oh das
sind ja Wilde, das ist doch igitt".

Sie schüttelt den Kopf und ihr
Nasenring klappert, als sie mir
Tattoos zeigt und die Ohren voll
plappert. Gegen sie sind die Wilden
sehr friedlich normal, das war bei
uns früher auch schon einmal.

Ja früher, da hatten die Menschen
bei uns geputzte Schuhe und
saubere Fingernägel, die
Hosenbeine hatten keine Risse, es
sei denn, aus bitterer Armut, ja
früher.

Deutsche Sprache

geschraubt-geschroben
gelügt-gelogen
gebiegt-gebogen
gewinkt-gewunken
gestinkt-gestunken
gewebt-gewoben
gesaugt-gesogen
abgestriffen statt gestreift,
so blöd dass man es kaum begreift.

In Köpfen die gefüllt mit Gips,
erwartet man nicht sehr viel Grips,
nicht in der Zeitung, im TV, nicht
bei Männern, nicht bei Frau.

Vieles schon mehrfach tatsächlich so
oder ähnlich gelesen, im TV gesehen,
oder so von Profi-Sprechern gehört

Der Wanderesel

Es war einmal ein Wandersesel, der
lief von Bottrop bis nach Wesel,
und danach auch noch bis nach
Xanten, dort traf er dann zwei alte
Tanten.

„Du, Esel, riefen sie erfreut, wir
haben schönes Wetter heut, lass
uns doch ins Theater gehen, und
mal den Wilhelm Tell ansehn".

Der Esel, Fridolin hieß er,
bedauerte das Treffen sehr,
wer auf dem Jacobsweg zu Fuß,
nicht ins Theater gehen muss.

Sodann entfernte er sich schnell,
von Apfel, Armbrust und von Tell.

Das Dorf, ein Paradies für Kinder

Mittendrin liegt eine Schule, für
Mädchen, Jungen und für Schwule,
für Rothaarige und für Schwarze,
für Plattdeutsche und für Inder,
kurz gesagt für alle Kinder.

Am Rand des Dorfes liegt die
Kneipe, mit einer schönen Bar, ich
hatte Blick auf eine Weide, und sah
ganz wunderbar, wie eine Kuh ein
Kalb gebar.

Da kamen Kinder aus der Stadt, die
fanden zunächst ziemlich doof,
Ferien auf dem Bauernhof. Doch
schnell kam dann das große Glück,
sie standen auf den Zehen, und
konnten viele Tiere sehen.

Zum ersten Mal Schwein, Ziege,
Schaf, und Nester voller
Hühnereier, und Hofhund, Katze,
Taubenschlag, ein Pferd, ein
Fohlen, Kinderaugen, sie hatten
Tränen in den Augen, und das neue
kleine Kalb, leckte ihre Finger bald.

Sie fütterten das Schwein mit
Eicheln, und wurden schmutzig
sehr vom Mist, wie schön doch die
Natur noch ist, doch es gibt sie viel
zu wenig, wer sie noch findet, ist
ein König.

Freue dich, du lebst

Hast du Popel in der Nase, hast du
Druck auf deiner Blase, quält dich
Luft in deinem Darm, oder Schmerz
im Oberarm, schmatzt du oft sehr
laut beim Kauen, geht auch nichts
mehr mit den Frauen, knirscht das
Knie zum Gotterbarmen, zählst du
dich schon zu den Lahmen. Hast du
Falten im Gesicht und die Knochen
sind voll Gicht, drückt der Magen
nach dem Speisen, kannst ohne Klo
nicht mehr verreisen, hast du
Schmerzen auf der Haut, obgleich
dich nie jemand verhaut, jubiliere
denn du lebst, bist noch nicht tot,
nicht in der Erde, denn das wäre
wirklich merde.*

*merde, französisch für Scheiße

Urlaub in der Südsee

Man nennt in Südsee jede Insel
einfach einen Palmenpinsel. Darauf
wächst meistens Zuckerrohr, oft ist
es trocken, manchmal Nass, und
auch wächst dort, weil selten kalt,
meistens auch ein Palmenwald.
Jedoch ist dies kein Paradies, denn
manche Sachen sind recht fies, zum
Beispiel Seeigel mit Stacheln,
Vulkanausbrüche, Schlangenbisse
und auch Unterwasserriffe. Dann
die Musik der Insulaner, ein paar
davon sind auch Veganer, und die
schönen Hula-Tänze und um die
Hälse Blumenkränze, und auf
Jamaika sehr viel Rum, die Speisen
sind sehr scharf gewürzt, dass man
beim Essen meistens fürzt, das sind
Urlaubsfreuden pur, doch ist es
reinrassig Natur.

Vogelnachwuchs

Ich sah in einem Frühlingswind
einen Vogel und sein Kind, die
beiden hatten lange Schnäbel und
trugen wie bei Feinkost Gosch,
jeder einen dicken Frosch.
Sie fraßen davon bis sie satt und
trugen dann den letzten Rest, zum
Schornstein mit dem Vogelnest.

Es war ein Storch, ein Adebar, der
einstmals dieses Kind gebar, dies
war noch nicht im Kita Alter, so wie
sein großer Bruder Walter, und
wurde daher dort gefütt, zum
selber fliegen noch zu lütt.

Und als der Lütte größer war, da
wollten sie in Urlaub, sie flogen
promt bis Afrika, weil da die Ferien-
Wohnung war.

Dies soll ein Schornstein sein

Der Wurm

Es war einmal ein Regenwurm, sah
hinten aus, genau wie vurn, er
hatte keine Beine, er sparte
dadurch Stiefel ein, den wozu soll
denn Schuhwerk sein?
Er hatte nicht einmal zwei Ohren,
zu keiner Zeit, war so geboren, und
auch es fehlt an Haar und Fell, und
rennen kann er auch nicht schnell,
nur gleiten auf der Glibberspur, das
ist sehr grün, das ist Natur.

Die dicke Tante

Ich hatte eine nette Tante, die man
die ›Dicke Berta‹ nannte, ihr Mann,
mein guter Onkel Toni, war
dagegen Makkaroni.

Als eines Tages Hungersnot, da war
der Onkel Toni tot, die Berta lebte
viele Jahre, doch als sie tot brach
ihre Bahre, für Dicke war die nicht
gemacht, und der Bestatter lachte,
als Berta auf die Straße krachte.

Fazit:

Manchmal lacht wie Idiot, auch ein
Bestatter sich fast tot.

Das Segelboot

Es war einmal ein Segelboot, das
glitt durch Ostseewellen, das war
am Bug voll Möwenkot, man hört
den Seehund bellen.

Der Skipper refft die braunen Segel,
es kommt ein Sturmwind, ein
Orkan, und Regentropfen groß wie
Eier, treffen auf den Segelkahn.

Es wird geankert bis vier Glasen,
man hört auch noch den
Sturmwind rasen, und zwischen
Tellern der Kombüse, wie aus einer
Ankerklüse, hört man Lolitas
Seemannslieder, die singt sie schön
und immer wieder.

Im Hintergrund auch Santiano,
begleitet leise vom Piano, das
Einzige was heut nicht sinkt, das ist
ein alter Segelkahn, der stark nach
altem Hering stinkt.

Hering, lat: Clupea Harengus

Die Grundfarben

Blau ist der Himmel, mehr Azur, so
blau ist sonst die Südsee nur, blau
oft der Mensch nach Saufgelage,
das Kinn nach Boxers Niederlage,
und Veilchen zieren auch die
Augen, die dann kaum noch zum
sehen taugen. Blauäugig denken
oft verpufft, es löst sich auf in
heiße Luft.

Gelb so sagt man ist der Neid, die
Post, der Raps das Sommerkleid,
und Gelb ist Haut wenn Galle
streikt, und die dann in die
Blutbahn steigt.

Gelb die Lohe, Flammenglut, gelb
ist das Gold und das ist gut, behält
den Wert und rostet nicht, hilft
leider nur nicht gegen Gicht.

Rot schließlich ist die Liebesfarbe,
rot ist die Rose, rot der Mund,
jedoch auch Hintern wenn er wund,
und wenn rot besonders fein, kann
es auch schon mal rosa sein.

Sodann die Weine die sehr teuer,
voll Aroma und voll Feuer, die
modern und spritzig süßen, hauen
dich wenn blau, von deinen Füßen.
Welche Farbe ist die beste, ist
harmonisch, mild und fein?
Ich entscheide mich für bunt, das
schmeckt so gut ist auch gesund,
und gern frisst dieses auch mein
Hund.

Morgendliche Eile

Ich sehe gespannt auf die Zeiger
der Uhr, schon kurz nach sieben,
mir fehlt noch Rasur, ich habe noch
schnell meine Zähne geputzt und
die Hose gewechselt, denn die war
verschmutzt. Mir fehlt noch Müsli
und Brot mit Nutella, ich sehe die
Uhr die läuft immer schneller, in
Eile auch noch die Haare gekämmt,
und das Hemd ist zu klein und der
Kragenknopf klemmt. Draußen liegt
Schnee und es ist schweineglatt,
und wenn man auch die Zeit nicht
mehr hat, man muss rennen, den
Bus und die U-Bahn erreichen,
kommst Du zu spät, was wird der
Chef sagen:

„Na klemmte mal wieder der Knopf
an dem Kragen?"

Der Kreuzfahrer

Es nennt sich gerne Urlaubskultur,
dabei ist dies alles ein
Schwimmkasten nur, wer zu Hause
mehr als zweihundert
Quadratmeter braucht, hat hier
fünfundzwanzig, fühlt sich dennoch
wohl, viel fressen und danach viel
Alkohol.

Es ist ›all inclusiv‹ und viel
Unterhaltung, und dennoch ähnelt
es Käfighaltung, genau wie bei
Hühnern, bei Schweinen im Stall,
dagegen demonstriert er fast
überall, hier fünftausend Menschen
und oft noch viel mehr, schippern
im Blechkasten mit ihm übers
Meer.

Nachts wird gefahren und Tags
wird besichtigt, und so wird im
Keim die Kritik schon
beschwichtigt, vielleicht jedoch hilft
es uns auch zu erkennen, das
Leiden der Schweine, der
Legehennen.

Pfercht Tiere nicht ein wie
Kreuzfahrergäste, und mästet sie
niemals auf engstem Raum, gebt
ihnen Luft und gebt ihnen Raum, wie
für Menschen wäre dies auch für
Tiere ein Traum.

Einkauf

Ich kaufte Honig aus der Pfalz,
aus Niedersachsen etwas Schmalz,
das Brot vom Bäcker nebenan,
so weit, so gut, doch bleibe immer auf
der Hut:

Spargel aus Südamerika, die Trauben
warn aus Indien da, weißer Wein aus
Swasiland, die Rose war schon vorher
da, die kam aus Südamerika.

Wir beklagen Klimawandel, das Wetter
bringt uns alle um, dies liegt nicht nur
an allen anderen, wir sind auch selber
ziemlich dumm.

Kauft was in Eurer Gegend blüht, denn
was gekocht und auch gebrüht, das
schmeckt gesund und ist vorhanden,
nicht nur aus ganz entfernen Landen.

Auf braunen Haufen

Mich ärgerten einmal zwölf Fliegen,
ich wollte diese Horde kriegen, und
alle möglichst schnell ermorden,
möglichst noch vor Übermorgen.
Ich erwarb in einem Laden, ne
Fliegenklatsche um zu schlagen.

Sie saßen auf dem Hundekot und
aßen dort ihr Abendbrot. Ich sah
die Horde und ich wusste, dass ich
darauf gleich schlagen musste, und
ich schlug zu, mit aller Kraft die ich
in meinen Armen hatte, und nieder
saust die Plastikmatte.

Sodann die Fliegen alle tot, doch
alles voller Hundekot, der weit
gefächert und gespritzt, zur Bank
wo eine Oma sitzt.

Alles schmutzig, alles braun
überhaupt nicht schön zu schaun.

Da sagt die Oma die da sitzt, mit einem Lächeln recht verschmitzt: „Gut dass du auf Braun geschlagen, dass müssten viel mehr Menschen wagen, das haben wir einmal versäumt, als wir vom Dritten Reich geträumt".

Merke: Schlag rechtzeitig zu, auch wenn es spritzt, bevor die Lage zugespitzt

Blondhaar an einem stillen See

Die Jungfer am See kämmt ihr
welliges Haar, die güldene Sonne
sieht ihr dabei zu, die Vögel im Hain
jubilieren allda, auf der Weide
daneben, da grast eine Q, die sieht
der Maid beim Kämmen gern zu.
Die Welt ist hier friedlich,
romantisch und still, das ist genau
dies was die Jungfer gern will.

„Ach käm doch ein Jüngling,
sinniert Sie versponnen, dann
hätten wir gemeinsam die
herrlichsten
Wonnen, von denen ich träume,
am Strand und am Meer, dann
wäre ich sehr bald auch Jungfrau
nicht mehr".

Auf den Zinnen

Auf vielen schönen
Kirchturmspitzen, sieht man häufig
Vögel sitzen, die kacken runter und
dann spritzt, nach Treffern auf
manch kahlen Kopf, der auf der
Bank da unten sitzt, das Exkrement
von Star und Lerchen, gelegentlich
auch das von Störchen, alles Gute
kommt von oben, genug um einen
Gott zu loben.

Kein Geld für Lola

Gehst du mal am Bordell vorbei,
und es befällt dich große Lust, weil
du zur blonden Lola musst, weil die
im Fenster sitzt und winkt, und mit
den grünen Augen blinkt, dann
merkst du, ganzes Jammertal, die
Geldbörse ist viel zu schmal.

Ihm zum Bilde schuf er sie

Auf unserer Erde wohnt ein
gefährliches Tier, ich sage das
niemand - nur dir, damit du dich
schützen kannst vor den
gottgleichen Wesen, das kann man
ganz vorn in der Bibel nachlesen.

› Ihm zum Bilde schuf er sie ‹

Gierig, egoistisch, auf Reichtum
versessen, was andere ihm guttun
ist morgen vergessen, neidisch und
eitel und oft auch verlogen,
diebisch und wenn möglich die
anderen betrogen, verschlagen und
geizig, ich gebe nichts ab, und
Mitleid steht auf einem anderen
Blatt.

Hauptsache ich, die Ellenbogen
raus, ich brauche viel Marmor in
meinem Haus, und der
Meerwasser-Swimmingpool solar
beheizt, und handmassiertes
Rindfleisch, ich hasse den Geiz, wir
sind doch alle gottgleiche Wesen,
ich habe es so in der Bibel gelesen.

Irgendwo muss hier doch ein Fehler
sein, oder erstand der Satz einst
aus unrichtig übersetztem Latein?

Wichtig

Eines ist doch ganz gewiss, das
Wichtigste ist dein Gebiss. Damit
kann man trefflich beißen und auch
mal mit den Zähnen reißen, wenn
Nahrung weil zu kurz gegart, noch
manche zähe Stelle hat.

Das Vogelfederkleid

Auf eines Vogels glänzendem
Gefieder, bricht sich ein golden,
warmer Strahl, ein Vogel singt,
fliegt auf und nieder.

Plötzlich kommt ein Ungewitter
grauenvoller Höllenart, es kommt
reichlich Regen nieder, der Glanz
des silbrigen Gefieders, wie die
Farbe eines Mieders, ist nun nicht
mehr, der war einmal.

Mond

Es eiert der Mond um den Globus
herum, immer im Kreis um die
Erde, so rennen die Tiere in
Manegen herum, die dressierten
arabischen Pferde. Sie denken:
„Ach wären wir doch wie der
Mond, kann alles in dreißig Tagen
umrunden, und wir müssen es hier
in zwanzig Sekunden".

Der Hund, dein Freund

Der Hund bekommt ne Dauerwurst,
und er bringt dir, wenn du voll
Durst, ein Bier als Dank für diese
Wurst. Als Ausgleich zwischen
Mensch und Tier, ich gebe ihm, und
er gibt mir, ist dieses nicht nur sehr
gerecht, sondern sehr gut und gar
nicht schlecht.

Wie wäre so ein Ausgleich schön,
könnt man von Mensch zu Mensch
ihn sehn. Die Welt ist voller
Egoisten, ob sie Kapital- oder
Kommunisten, viel besser ist auf
dieser Welt, was auch gelegentlich
mal bellt.

Wer liegt im Sarg?

In einer Kiste ziemlich alt, liegt eine
Leiche die schon kalt, die Leiche
hatte keine Zähne, vielleicht war sie
sogar ein Däne, vielleicht jedoch,
wenn auch unklar, dass sie aus
Madagaskar war.

Mit Holzschuh an dem nackten Fuß,
dies niederländisch auch sein muss,
eventuell ist es Rumäne, die haben
häufig Silberzähne, hat er ein
Elchgeweih dabei, ist sicher dass er
Finne sei.

So rätselt man ob der Nation, und
kommt der Wahrheit näher schon,
die Leiche kommt vom Vatikan,
weil die kein eigenen Friedhof ham,
oder doch von USA, weil Cola mit
im Sarg drin war?

Der Käfer

Es war einmal ein roter Käfer, der
kroch einmal so gegen vier, am
Montagmorgen durchs Revier, als
plötzlich ferner Donnerhall, und
Regentropfen überall.

›Da liegt ein Käfer‹, denkt ein Rabe,
und fraß den Käfer, samt der
Schale. Ist nicht so schlimm wenn
feucht gegessen, Hauptsache ist,
hat was zum fressen.

Links: Sehr frühes Stadium

Rechts: Original Käfer

Oben: Sehr primitive Käfer Nachbildung

Corona, Vorratshaltung

Ne Wagenladung Klopapier und
gegen Durst genügend Bier, und ein
Zentner Makkaroni, und Futter für
die Katze Moni, und Lümmeltüten
große Packung, gefühlsecht oder
auch mit Puder, oder auch mit
Gumminoppen, damit lässt sich
trefflich poppen.

Sparen

Rennst du mal hinter Straßenbahn,
kannst Du ne Menge Kohle sparen,
pro Fahrt zwei Euro minimal,
jedoch versuch doch dies einmal,
renn einfach hinterm Taxi her, da
sparst du dann doch noch viel
mehr, von dem Ersparten essen
gehen, dann gönnst du dir den
teuren Aal, am Essen knausern, war
einmal.

Der Akt

Ein Maler malte einst ein Weib, so
ohne Bluse, ohne Kleid, er malte
also völlig nackt, die Frau und die
war dann der Akt.

Das Modell war leicht brüniert, und
hat beim Malen sich geniert, denn
die Frisur war ungekämmt, und
daher war sie leicht verklemmt.

So rannen ihr die Tränen, man kann
am Haar die Strähnen, doch sehen
dass die ohne Schimmer, und ohne
Locken, noch viel schlimmer.

Der Künstler tröstet sein Modell,
ich male nur die Füße schnell, dann
noch die Hände, Arme, Bauch, und
erst zum Schluss die Haare auch.

Da lächelte das holde Weib und
streifte über sich ihr Kleid, und auf
der Leinwand völlig nackt, ein
ungekämmter Frauenakt.

Die Fisch-Frikadelle

Es war aus Fisch die Frikadelle,
bestand aus Hering und Forelle.
Dazu auch noch ein wenig Brot, die
Fische jedoch ziemlich tot, und
ebenfalls im Fladenbrot, warn
schon die meisten Maden tot. Die
Frikadelle ganz aus Fisch, schon
etwas stinkig, nicht sehr frisch, kam
nun bei Meier auf den Tisch.

Die Aufschneider

Der Schneider schneidet Bahn aus
Stoff, der Schlachter Schmidt, der
früher viel soff, der schneidet einen
Schweinebauch und danach den
Schinken auch. Der Blinddarm wird
vom Arzt geschnitten, der Bäcker
schneidet Weißbrotschnitten,
die Haare werden beim Friseur,
sehr sauber abgeschnitten,
und in der Imbissbude werden,
Erdäpfel zu heißen Fritten.

Die Aufschneider der anderen Art, mit
fein gedrehtem Zwirbelbart, die
fahren Kutsche mit zwei Pferden, als
sei dies höchstes Glück auf Erden.

Die Angeber auf dieser Welt, die sind
nicht ausgestorben, die wird es noch
recht lange geben, selbst wenn die
eigene Glocke schellt.

Monumente

Es steht in mancher großen Stadt,
die Straßen und auch Plätze hat,
ein Monument dass jemand ehrt,
doch häufig steht es auch verkehrt.

Es stört des Auges freien Blick, mal
zu lang und mal zu dick, und mal
auch wie der Turm zu Pisa, einfach
zu schief, wie Tante Lisa.

Es war einmal ein Ingenieur, der
baute einen großen Turm, das war
ihm also nicht zu schwör, er baute
seinen Eiffelturm.

Da steht nun dieses Stahlgerippe,
schaut aus wie August nach der
Grippe, dürr und kalt und oben
dünn, und immer in Gefahr zu
rosten, an allen Seiten, auch nach
Osten.

Das Atomium in Brüssel, wie ein
Elefantenrüssel, ein großes Tor und
darauf Gäule, und dann auch noch
die Siegessäule, Vatikan und
Petersdom, vermutlich findet man
in Rom. Was findet man in einem
Dorf, was zwischen Tannenwald
und Torf? Da steht ein Denkmal
gegen Krieg, ein großer Stein, die
Schrift Fraktur,

Nie wieder eine Diktatur

Ein musikalisches Schiff

Es sinkt gelegentlich ein Schiff,
meist fuhr es davor auf ein Riff,
schön wär ein Schiff das nur dann
singt, wenn Chanty übers Wasser
klingt, dann spielt die Musik wie
auf der Titanic, und wegen der
Lieder kommt nicht einmal Panik ?

Wer's glaubt ist vermutlich
Nichtschwimmer

Mein Klo

Wenn ich auf einer Brille sitz, und
trotz der Kälte richtig schwitz, und
an der Wand ein Vorratsschrank,
der ist voll mit Pillendosen und
einem Fach für Unterhosen, ne
große Dose Kukident, ein
Silberfisch am Boden rennt, und
Hansaplast und Pasta-Zahn ist auch
noch in den Schrank getan,
Reserverollen in den Ecken, und
eine Zange gegen Zecken, und eine
Bürste für das Klo, ich habe alles,
ich bin froh.

Der Ladendieb

Es war einmal ein Ladendieb, den
man aus einem Laden trieb, weil er
dort stahl und wenig klug, danach
das Zahlen unterschlug. Da kam die
Polizei gerannt, die hat den Dieb
sogleich erkannt, denn der war
schon ein alter Kunde, sein Name
war in aller Munde. Ede Kutzke-
Klauermann erwische man recht
häufig, sein Name war geläufig, bei
Polizei im Fahndungsblatt, das
jeder in der Tasche hat, so kam er
in die grüne Minna, von dort aus in
ein karges Zimmer, das Fensterglas
war leicht zersplittert, doch das
Fenster war vergittert. Du darfst
dich nie erwischen lassen, denn
wenn dich Polizisten fassen, die
Zeit danach ist ziemlich weit,
versuch es mal mit Ehrlichkeit.

Straßenfeger

Falsch ist der Ausdruck
Straßenfeger, viel besser wäre
Kopfsteinpfleger, weil man doch
auch die Räume pflegt, und eine
Putzfrau sehr umhegt, man nennt
sie heut aus gutem Grund,
Raumpfleger, kommt aus unserem
Mund.

Gleiches Recht wird oft gefordert,
doch wenn jemand Putze ordert,
dann versagt oft das Prinzip,
gleiche Arbeit, gleicher Lohn, doch
dieser Ausdruck strotzt voll Hohn,
wenn Raum gepflegt, Parkett
gepflegt, dann ist die Straße nicht
gefegt, sondern liebevoll geputzt,
und damit gar nicht mehr
verschmutzt.

Affektiert?

Ich hab einen Schuh, den trägt auch
mein Coiffeur, Primitive nennen
ihren Haarkünstler banal den
Friseur. Ich gehe gern shoppen, in
der Mall in der City, und kaufe dort
Futter für meine Kitty, und für mich
noch die Tüte mit scharfem Lakritz,
die ist nur noch für mich, die ist
nicht für die Kids.

Dann noch für die Peds, Hund,
Hamster, Kanarien und auch noch
etwas für meine Aquarien. Ich kauf
auch noch Outfit, für indor und
outside, und für meine Tochter
auch noch ein Brautkleid, und
Pants und T-Shirt und Snickers aus
Leder, die trägt doch im Sommer
bei uns fast ein jeder.

Heute ist Black Friday, so sagt es
die Werbung, seh ich in den
Himmel, der ist himmelblau, andre
sagen dazu bleu, und dünken sich
schlau. Mit Rosa ist das auch eine
Sache, man sagt heute Rose', dass
ich nicht laut lache.

Am liebsten mache ich das an
schwarzen Tagen, was ist denn
Black Friday,? höre ich fragen, ach
das ist sowas wie Halloween, das
kennt man inzwischen auch schon
in Wien.

Warum muss man sich denn wie
ein Affe verkleiden, man weiß doch
das viele Menschen sehr leiden,
nur weil sie zwei Pickel in ihrem
Gesicht, ein Affenkostüm jedoch,
das stört sie gar nicht?

Doof, oder?

Manches scheint nur so

Es ist nicht immer wie es scheint,
nicht immer traurig wenn man
weint, es gibt doch auch die
Freudentränen, wenn du befreit
von großer Last womit du nicht
gerechnet hast, wenn plötzlich
Freunde vor dir stehen, die hast du
ewig nicht gesehen, der Hund
entlaufen, doch zurück, das ist
großes Lebensglück, du weinst
doch deine Seele lacht, und wegen
solcher Freudentränen, musst du
dich ganz gewiss nicht schämen.

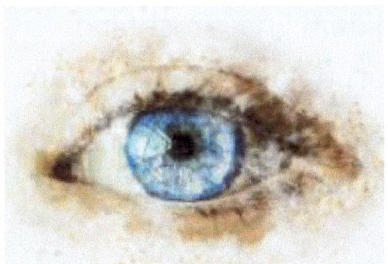

Die Knöpfe

Ein Knopf aus Messing und Perlmutt,
und auch aus Leder ziemlich gut, der
Knopf aus edlem Tropenholz, am
Kleidungsstück macht jeden stolz.

Als ich mal Admiral gewesen, ein
Anker auf dem Knopf gewesen, als
ich einst fromm, ein Himmelsmann,
hat es ein Kruzifix getan, und als ich
Eisenbahner war, war es ein
Flügelrad sogar.

Dann war ich Tischler und ein
Hobel, ziert meine Knöpfe ziemlich
nobel, und dem Friseur ist eine
Ehre, es ziert den Knopf der Kamm,
die Schere, ich war auch mal beim
Militär, und meine Knöpfe ziert
Gewehr.

Bei der Feuerwehr ne Flamme,
beim Förster war es eine Tanne,
beim Koch war es ne Essigflasche
und beim Bestatter Pott mit Asche,
und auf dem Knopf der Polizei, war
ich mit Handschellen dabei.

Auf Loddeluniform im Puff muss
auch was auf die Knöpfe druff, das
wurde Amors Pfeil mit Herz, erst
dachte ich, ganz kurz im Scherz,
doch nein, das wäre sehr versaut,
das habe ich mich nicht getraut.

Es ist vor langer Zeit gewesen, auf
meinem Knopf ein Kokosbesen, das
war in guter alter Zeit, da war ich
jung, heut bin ich alt, heut fegen sie
nur mit Maschinen, das mit dem
Besen ist gewesen.

Zahnstocher

Ich stocherte mit einem Stoch, in
einem Zahn, der hatte Loch, also
mit einem Zahnstocher, der kam
von China sehr weit her, mit einem
Schiff im Con-tai-ner.

Der Baum, aus dem der Stoch
gefertigt, gefällt von einem Mann
der bärtig, in der Provinz,
Schalupzichgan, dort fährt mit
Dampf die Eisenbahn, war
hundertfünfundfünfzig Jahre, dann
lag der Baum auf seiner Bahre.

Im Sägewerk war er bald Balken, er
wurde auch zu manchem Brett, und
eben auch zum Stocher Zahn, dann
kam er mit der Eisenbahn. Ein Euro
kostet er im Laden, jedoch ich
wollte hundert haben.

Altersgebrechen

Ich hab nen Zahn ein ziemlich
schwarzen, und im Gesicht auch
sehr viel Warzen, wenn ich viel sauf
schmerzt mir der Magen, und
dennoch hört man mich nicht
klagen, ich habe auch Stabismus
links, dagegen hab ich so ein Dings,
ein Bums so wie ne Lesebrille, im
Ohr pfeift häufig eine Grille, die
Wirbelsäule sehr verschoben, was
unten ist gehört nach oben, jedoch
man muss sich arrangieren, läuft
nicht auf zweien, doch auf vieren,
so wie es unser Ur-Ur-Ahn vor
vielen tausend Jahren getan.

Die blinde Schleiche

Es war die lange Schleiche blind,
die hatte auch ein nettes Kind, das
war als Nummer zwei geboren,
eigentlich schön, nur große Ohren,
das hatte sich, was man nicht
denkt, auch mal das Kopfgelenk
verrenkt.

Es musste dann zum Orthopäden,
erst operiert, und dann die Fäden,
nach langer Heilung raus gezogen,
da war die Schleiche wieder flott,
und schlich, obgleich sie weiter
blind, in Urlaub mit dem
Schleichenkind.

Es rennt die Zeit

Ich spüre es, es rennt die Zeit,
zweimal so schnell ist gestern weit,
eben noch die Christusnacht, jetzt
schon bald Ostern, oh wie lacht, die
Sonne wenn der Himmel blau,
freudetrunken meine Frau, zu
Pfingsten alle Sträucher grün,
nichts ist mehr voll von welkem
Laub, verschwunden ist der
Winterstaub, doch kommt der
rasend schnell zurück, vorbei ist
dann das Sommerglück, und bald
kommt dann die Winterzeit, wenns
stundenlang vom Himmel schneit.

Mir geht alles viel zu schnell, in
Wochen, im Monat, und auch im
Bordell.

Der Indianer

Es war einmal ein Indianer,
ich denke wohl er war Veganer,
aß nichts vom Tier, nicht mal vom
Fisch, nur Beerenobst, und dies
meist frisch, sah man auf seinem
Mittagstisch. Ernährte sich aus der
Natur, pflückt ganz früh morgens
vor vier Uhr die Beeren vom
Holunder, im Internet da las er
auch, es fördert die Potenz der
Strauch, so glaubt er an ein
Wunder.

Ob dies geschah ist unbekannt, ist
täglich in den Wald gerannt, nach
Früchten und nach Pilzen suchen,
findet er nichts, hört man ihn
fluchen, natürlich flucht er
indianisch, das klingt so etwa wie
japanisch.

Sitting Bull   Wikipedia

Warum stehen, liegen, sitzen oder fliegen?

Die Eisenbahn auf einer Schiene, auf Blüten sitzt die Honigbiene, der Ganove sitzt im Knast, sobald die Polizei ihn fasst, auf Damen und auf Herrenklo, sitzt man mit seinem nackten Po, es sitzt sehr oft im Parlament, ein Volksvertreter der nur pennt, der Kranke liegt in seinem Bett und merkt ihm bleibt das Leben weg, am Steuerhorn sitzt der Pilot, und stürzt er ab, dann ist er tot, dies alles ist so sehr verschieden, ich bleib in meinem Bette liegen, beim rollen, fahren, fliegen, stehen, muss man dem Tod ins Auge sehen.

Das Kind

Es war einmal die große Kuh, stand
auf der Weide mit dem Kind, und
das war auch gewiss ein Rind.

Das Kind von einem Huhn heißt Ei,
und ist die Schale dann entzwei,
wird es ein kleines Hühnerküken,
um kleine Kinder zu entzücken.

Der gute Kaiser

Ein Herrscher der von hohem Rang,
nahm jeden morgen seinen Trank,
Ziegenmilch mit Marmelade, es
fehlte Honig, das war schade, und
danach hat er flott regiert,
und nicht die Menschen irritiert.

Verordnet per Dekret dem Volke,
bei Dürre eine Regenwolke,
bei Wärme sei es etwas kühler,
und Hitzefrei für alle Schüler,
mit Geld aus den Privatschatullen,
bezahlt er auch den Samenbullen,
wenn der für Landwirte zu teuer,
wenn Kühe laut nach Liebe muhn,
wie es nicht nur die Rinder tun.

Er tut so viel, der Herzensgute,
er schenkt dem Weihnachtsmann
die Rute, der Feuerwehr den
Wasserschlauch, und wenn er Zeit

hat auf die Schnelle, sponsert er
Schulen und Bordelle. Kurzum es ist
ein Glück für jeden, in diesem
guten Land zu leben.

Zwei Poeten

Es waren einmal zwei Poeten,
denen fehlten häufig die Moneten,
das Dichten machte sie nicht satt,
sie schrieben dennoch Blatt um
Blatt. „Wir müssen nicht von
Blüten schreiben, und nicht wie
Gärtner Blüten treiben, wir machen
einfach Blüten-Geld, das man für
echte Taler hält". Gesagt getan,
nach kurzer Zeit, sind
Falschgeldmacher dienstbereit, und
drucken nunmehr Euronoten,
bezahlen damit Pizzaboten,
bezahlen Auto, Urlaub, Haus, doch
plötzlich ist der Segen aus.

Es kamen Leute der Polente, denn
der Poet der gerade pennte, hatte
nicht gut aufgepasst, und sehr
schnell war er dann gefasst, saß
danach lange Zeit im Knast.

Die Despoten

Es brannte Rom – Nero spielt
Harfe, und wenn es in den Staaten
brennt, ein Trump über den
Golfplatz rennt, dumm wie die
Scheibe Knäckebrot, leugnet er den
Coronatod, was alles müssen wir
ertragen, es platzt vor Wut mir fast
der Kragen, Herr sende Hirn, mein
Stoßgebet, damit es endlich besser
geht.

Mein Nachbar Kurt

Jahrzehntelang Dein Nachbar Kurt,
den kanntest Du fast seit Geburt,
der ist verstorben früh am Morgen,
es ging nicht mehr, er war zu
schwach, und wurde plötzlich nicht
mehr wach. Erkennst sehr schnell
was Euch verband, doch bald wird
Dir auch sonnenklar, dass da noch
etwas Anderes war. Ihr hättet viel
mehr reden müssen, nicht nur die
gleichen Mädchen küssen, in
jugendlichem Überschwang. Es ist
zu spät, es ist vorbei, seit gestern
Nacht dreiviertel sieben, so viele
Fragen sind geblieben, Fragen zu
Gott, zur Sonne, Welt, wann es zum
letzten Mal schellt, rede und frage
wenn der andere noch lebt, es ist
zu spät wenn die Erde schon bebt.

Der Frosch

Es war einmal ein grüner Frosch,
der seinen ganzen Teich aussoff, bis
der nur noch aus Schlamm bestand,
war nur noch etwas feucht am
Rand. Danach war er dann
abstinent, er soff nicht mehr, wie
man das nennt.

Die Nackten

Ich kannte einmal vier Nudisten,
das waren alles Kommunisten, die
Planwirtschaft auch dort am
Strand, auf dem ein enger
Strandkorb stand, die machte es
unmöglich fast, da vier nicht in den
Strandkorb passt.

„Wir schreiben ans Politbüro, denn
die machen die Bauern froh, ein
Arbeiter ganz allgemein, muss auch
mit in den Strandkorb rein".

Schreib dem Genossen Honecker,
der macht doch den Vierjahresplan,
der schickt den zweiten Strandkorb
her, schon ist der voll und nicht
mehr leer.

Der Wochenmarkt

Verkauft Äpfel und Birnen und Obst
und Gemüse, auch Käse, Kartoffeln
und Zwiebeln und Lauch, gelbe und
grüne Kürbisse auch.

Ich geh gerne zum Bauern aus
Kleinwurzbyfeld, es ist so
gemütlich, es atmet Natur, mitten
in der Stadt ein Stückchen Natur.

Hoffentlich bleibt dieses noch lange
erhalten, das hoffen auch Junge,
und nicht nur die Alten, zurück zur
Natur, ein ganz kleines Stück, das
wäre für alle ein ganz großen
Glück.

Fisch oder Sauerkraut

Das Lieblingsessen meiner Frau, ist
gekochter Kabeljau, auch andere
Speisen aus dem Meer, liegen ihr
am Herzen sehr. Vom Hering isst
sie gern den Schwanz, die Krabben
schluckt sie lieber ganz, nur die
kleinen, die Granaten, verzehrt sie
lieber kross gebraten. Sie speiste
einmal platten Fisch, nicht
geräuchert sondern frisch, da stach
sie plötzlich in den Schlund, eine
Gräte bis der wund, da half ihr nur
noch Bommerlund.

Der gute Schnaps rann durch die
Kehle, die Gräte hat sie dann
verdaut, seitdem speist sie nur
Sauerkraut.

Die Kunst

Ein Maler will ein Werk erschaffen
nach dem in vielen Jahren gaffen,
Besucher die in Massen strömen, in
das Museum dort in Böhmen.

Jedoch trotz manchem
Kunstverstand, die bunte Linie dort
am Rand, was soll das sein,
ein Meisterwerk, und oben links ein
Gartenzwerg, wie der Kurator es
erklärt, vielleicht ist es die Mona
Lisa, hängt nicht im schiefen Turm
zu Pisa, sondern hier an einer
Wand, das war völlig unbekannt.

In Bildmitte so ungefähr, sieht man
den schwarzen Lucifer, ein
Teufelsgrinsen im Gesicht, sein
Zungenpiercing sieht man nicht.

Der Großbrand

Es hat ganz fürchterlich gebrannt,
und alle Menschen sind gerannt,
gerettet nur was wichtig war, das
Sparbuch das von Oma war, und
schnell auch noch den Papagei, und
auch das Handy ist dabei, die Tube
mit dem Kukident, bevor man
schnell vom Brand weg rennt.

Der Dauerregen

Regen tropft auf meinen Kopf, es
wird sehr nass darauf mein Zopf, es
bilden Lachen sich und Pfützen,
latscht man hinein sieht man es
spritzen, es kommen Matsch und
nasse Füße, es schwellen Bäche an
und Flüsse, man merkt es auch am
alten Deich, was früher hart wird
langsam weich.

Der Bio-Zahnarzt

Ich ging einmal zu dem Dentist,
weil mir ein Zahn voll Schmerzen
ist, jedoch er war ein Grüner, ne
Kräuterfüllung, Hartholzzahn, da
war für ihn das Ding getan.

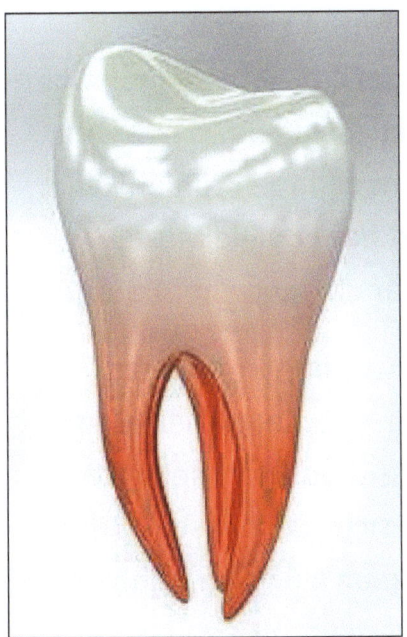

Gegensätze

Fast platzt er und ist vollgefressen,
hat jeden Tag zu viel gegessen,
zu fett, zu salzig und zu süß,
hat dicken Kopf und dicke Füss,
bewegt sich kaum das ist nicht not,
und kurz danach ist er dann tot.

In einem Erdteil gegenüber,
fahrt da mal hin, geht da mal rüber,
da stirbt ein spindeldürrer Mann,
bei dem man Rippen zählen kann,
gehungert hat er viele Jahre,
nun liegt er da auf seiner Bahre.

Im Leben war er niemals satt,
aß von den Bäumen oft ein Blatt,
trank Wasser aus dem selben Fluss,
in dem er sich auch waschen muss,
wie kann man glücklich, ruhig sein,
wenn andere vor Hunger schrein?

Der Müll

Wir werden unseren Müll nicht los,
die Menschenmenge ist zu groß,
auf dieser kleinen Erde, unzählbar
ist die Menschenherde. Viel zu voll
das Erdenschiff, wir steuern direkt
auf ein Riff, wir werden alle
untergehen, warum will das denn
niemand sehn?

Wo bleibt die Frau, der kluge
Mann, auf den ein jeder hören
kann, mit klugem Rat, und wenn
noch besser, auch mit Tat.

Navigation

Fährt man auf eine Mole uff,
verwechselt rotes Licht am Puff,
mit dem roten Molenlicht,
das backbord in die Augen sticht,
wenn man den Dampfer mit fünf
Knoten auf Rückreise von den
Lofoten in Richtung Heimathafen
bringt, und auch schon laute Lieder
singt, wenn man sich freut, denn
man ist schnell, bei den Mäuschen
im Bordell, vor Freude ist Verstand
in Mors und dann gesteuert
falschen Kurs, wenn also schlechte
Seemannschaft einen
Kaskoschaden schafft an des
Hafens Molenmauer, ist man erst
hinterher meist schlauer.

Der Salat

Es war einmal eine Tomate, ihr
Name lautete Agathe, die kam
zusammen mit Radieschen, ihr
Name war, ich glaube Lieschen,
und dann kam auch noch die
Karotte, hieß wie mein Reitpferd
Liselotte. Auf dieses alles
schließlich Öl, nur recht sparsam,
nicht zu vöhl, dann auch noch
Ingwer und zum Schluss, weil Salat
das haben muss, ein Spritzer Essig
aus der Flasche, und Zwiebelringe,
Pfeffer, Salz, und Apfelringe aus der
Pfalz.

Das Ganze soll dir recht gut
munden, ist dem nicht so, gib es
den Hunden.

In diesem Fall bekommst du aber
Ärger mit dem Tierschutzverein.

Die Zeit rennt

Ich weiß es nicht es rinnt die Zeit,
zweimal so schnell gestern ist weit,
eben noch die Christusnacht jetzt
schon Ostern oh wie lacht die
Sonne wenn der Himmel blau,
freudentrunken meine Frau, zu
Pfingsten alle Sträucher grün,
nichts ist mehr braun voll welkem
Laub, verschwunden ist der
Winterstaub, doch kommt er
rasend schnell zurück, vorbei ist
dann das Sommerglück, und dann
erneut die Winterzeit, wenns
stundenlang vom Himmel schneit.

Die Q

Ist das Gewicht der Q nur halb,
nennt man sie korrekt ein Kalb, so
ist demnach die große Q das
Doppelte von einem kleinen, man
kann dies mit der Gleichung
reimen: 2 x q = Q.

WZBW: Ist Gewicht der Q nur halb,
nennt man dies korrekt ein Kalb.

Der Frühling

Ach ist das schön im Frühlingswind,
es freut sich Mutter mit dem Kind,
es sprießt der Löwenzahn im
Garten, auf Erdbeeren muss man
noch warten, jedoch es kommen
schon die Blumen, es bauen Vögel
sich die Nester, sie schnäbeln und
sie zwitschern leise, und jeder piept
auf seine Weise, schon kommen
Störche von weit her, und auch die
Drosseln, Finken, Meisen wollen
jetzt nicht mehr verreisen, sie legen
Eier wollen brüten, und dann die
neue Brut behüten.

Jedoch der Wurm bleibt in der Erde
und dient dem Maulwurf als
Nahrung, ist eine uralte Erfahrung.

Die Gebrechlichkeit

Bist du verrotzt, hast dichte Nase,
und drückt dich permanent die
Blase, juckt dir ein Auge immerzu,
wenn du nicht hörst was man dir
sagt, bist in Gedanken auch
verzagt, wenn nur noch die
Gelenke steif, bist für das
Altersheim bald reif, gelegentlich
schmerzt Dich ein Pickel,
dann drückt der Unterhosen
Zwickel, die Haut wie Krokodil vom
Nil, und Schuppen hast du viel zu
viel, die Haare sind schon lange
weg, auf deinem Stuhl ein feuchter
Fleck, dann freue dich, du bist am
Leben, so ist das mit uns Alten
eben.

Als ich noch tot war

Irgendwann war ich noch tot, hatte
mit Zahnschmerz keine Not, mich
ärgerte das Wetter nicht, ich litt
gewiss noch nicht an Gicht, hatte
auch nicht Mobbing Sorgen, dachte
nicht, was wird nur morgen? Mich
ärgert kein TV Programm und auch
nicht Bettzeug das oft klamm, die
Politik regt mich nicht auf, und
auch nicht blöde Zeitungsenten,
nicht das Niveau der Altersrenten.

Ich hatte einfach nur viel Ruh, und
nicht einmal drückt mich der
Schuh. Danach im Lebenskreis
lebendig, jahrzehntelang im
Erdenstress, die Ellenbogen immer
draußen, man hört den Wind, die
Autos sausen, und man erkennt
meist viel zu spät, woher der Wind
im Grunde weht.

Wirst ausgelaugt durch falsche Freunde, an vielen Stellen tobt ein Krieg, Egoismus, Geiz und Neid, und Falschheit steht an erster Stelle, strahlt heller als der Stern, der helle. Irgendwann bist wieder tot, auf Erden deine Pflicht getan, dein Seelenleben ist im Lot, spielst Harfe auf der Wolke sieben, klingt noch nicht gut, du musst noch üben.

Es ist so schön, alt zu werden

Wer diesen Satz noch einmal sagt, dem trete ich in den Hintern, weil: Nach langer Nacht erwacht der Morgen, und damit kommen Deine Sorgen, ob Deine Rente wohl noch reicht, ob du den Ultimo erreichst ohne dass du betteln musst, und dann beginnt der Tagesfrust.

Wo sind die Zähne,? ach im Glas,
du suchst die Brille, Hörgerät,
gestern Abend war es spät, du
suchst den Gehstock, Kniebandage,
Rollator steht in der Garage, darin
kein Fahrzeug abgestellt, denn
dafür fehlt dir lang das Geld.

Die Blase ist nicht mehr ganz dicht,
der ganze Körper voller Gicht, und
wird dir merkwürdig im Kopf, dafür
hast du den Notrufknopf.
Du humpelst fort auf einem Bein,
trinkst Wasser statt den teuren
Wein, du bist schon alt, du bist ein
Greis, deine Haare sind sehr weiß,
die Haut ist auch nicht mehr so
schön, bist du erst achtzig plus ne
drei, ist schönes Leben lang vorbei.

TV-Routine

Es zuckt der Finger, Fernbedienung
für dein TV Gerät, meistens schaust
du nicht sehr lang, nur Freitags
wird es spät. Dann hüpfen häufig
schöne Mädchen, bis kurz vor
Mitternacht, es lohnt sich dabei
hinzuschauen, zu Susi und zu
Käthchen.

Das Tragische ist nur dabei, die
Mädchen sind sehr arm, sie haben
nicht mal Kleider an, und tanzen
Arm in Arm. So ist das Elend also
nah, erreicht dich Tag für Tag, was
wohl die Woche bringen mag, ich
bin schon recht verzagt.

Jedoch es kam nur volle Sonne,
das Leben ist die reinste Wonne.

Das Geld

Das Wichtigste auf dieser Welt,
ist doch der schnöde Mammon
Geld, so denkt der Neureiche, der
Börsianer, doch dass man Geld
nicht essen kann, das wussten
schon die Indianer, und nicht wie
heute nur Veganer.

Er sitzt auf einem Sack voll Geld, bis
seine Totenglocke schellt, und
selbst dann glaubt er es noch nicht,
ein Dollar ist kein Fischgericht, viel
wichtiger als Krüger Rand, ein Sack
Kartoffeln, voll bis Rand, und
vielleicht ein Kilo Brot, als er das
merkt, ist er schon tot.

Verhungert ohne wach zu werden,
sie werden niemals schlau auf
Erden.

Maki

In einem Zoo in Nagasaki sah ich
einst einen nackten Maki, der hatte
keine Kleidung an, daher sah ich, es
war ein Mann.

Als ich so stand und noch sinniere,
ob denn der Maki gar nicht friere,
da kam ein Wärter angerannt, mit
einer Decke in der Hand.

Später habe ich gelesen, es wäre
gar nicht not gewesen, denn ein
erwachsener Maki, hat ein Fell in
schwarz/weiß - Khaki.

In der Küche

Schrank stehen Cerealien, in
Belgien und Italien, nur nicht in
Gross-Britannien, vielleicht auch
nicht in Spanien, was speisen sie in
Moskau wohl, vermutlich einen
Teller Kohl.

Und irgendwo kommt täglich frisch
morgens Porridge auf den Tisch,
betrachtet man es regional, ist
Weißwurst Bayerns erste Wahl, wie
an der Nordsee Räucheraal.

In Paris ist keine Not, roter Wein
und weißes Brot, in Finnland muss
es Rentier sein, wie in Ungarn
gerne Schwein, in Dänemark die
rote Wurst und dünnes Bier gegen
den Durst.

In Thailand sind es Hühnerfüße,
und mancher Orts ist angeraten,
am liebsten Elefantenbraten,
jedoch ist meist ein Rüsselstück, für
einen Teller viel zu dick.

Käse der so stinkt wie Klo, Fisch
gegoren irgendwo, Maden,
Schlangen, rohes Fleisch,
Palatschinken, Eierspeise, ein jeder
speist auf seine Weise.

Die Hauptsache ist, der Mensch
wird satt, wovon steht auf dem
anderen Blatt. Denkt doch nur an
Menschenfresser und überhaupt
an Kannibalen, gab es in Bayern
und Westfalen, und war ein
Frankfurter dabei, gabs nach dem
Essen Äppelwoi.

Der Doppelwumms

Ich fuhr mal gegen eine Ampel, doch etwas
war nicht sehr korrekt, hatte noch Bier in
meinem Zampel, damit bin ich dann angeeckt,
denn plötzlich kam ein lauter Rumms, das war
der echte Doppelwumms. Es kam ein Helfer
angerannt, hat Feuerlöscher in der Hand. Der
Strahl so weiß, es staubt so hell, das Feuer
war gelöscht sehr schnell, die Ampel aber war
hinüber, wie man so sagt, die war in Mors,
mein Fahrzeug hatte falschen Kurs.

Der Adler

Ein Adler flog mal nach Athen, er
wollte alte Tempel sehn, seine
Heimat war Korinth, wo oft die
Laienspiele sind.

Er umkreiste die Ägäis, man nannte
sie das Weiße Meer, und unten
segelt, das sah er, den
fürchterlichen Seeräuber.

Der Adler stieß mit Schwung hinab,
erlegte den Piraten, er machte ihm
ein nasses Grab, wie auch dessen
Soldaten.

An diese Heldentat erinnert
man mit dem Bundesadler, der ist
seitdem das Bundeshuhn, so sagte
mir mein Vater.

Frühlingserhoffen

Ein Vogel fliegt auf seine Weise,
der Storch ganz anders als die
Meise, denn er hat doch die längste
Reise, auch sind die Ziele sehr
verschieden, doch meistens liegen
sie im Süden.

Ein Spatz oder die Nonnengans
fliegen nicht nach Afrikanien
sondern bleiben in Südspanien,
und manche, die zu faul zum
fliegen, die hauen sich in ihr Nest
im Wald, ach käme doch der
Frühling bald.

So warten sie auf Sonnenstrahlen
genau wie Menschen in Westfalen,
wie Maurer, Bäcker, Kneipenwirt,
wann es dann endlich wärmer wird,
in einem sind sie alle gleich,
ohne Sonne sind sie bleich.

Meine Familie

Familie ist was Wunderbares, bei
meiner Oma gibt es Bares, meine
Schwester ist ein Luder, trägt statt
BH meist nur ein Puder, und will
mit zwölf ich schon ein Bier, gibt
dieses gern mein Onkel mir.

Es ist bei uns das Allerbeste, die
herrlichen Familienfeste, da
kommen auch Verwandte, die ich
überhaupt nicht kannte,
aus Österreich, aus Kanada,
einer war aus dem Kongo da.

Da wird dann lang und laut
gefeiert, und es wird auch viel
gelacht: „Ach weißt du noch, als
Tante Alma, die so verliebt in
Anton war, das war der mit dem
langen Haar…."

So geht es Stund um Stunde weiter, und die Gesellschaft ist recht heiter, der selbstgebrannte Birnenschnaps, und auch zeigt Rita ihre Straps, das trägt zur guten Stimmung bei, die Uhr zeigt immerhin schon drei.

Es graut der Morgen, die Sonne bringt den ersten Strahl, in einem großen Bett sind vier, auf einem Sofa liegen drei, und manche liegen zwei auf zwei, so geht Familienfest vorbei.

Wir freuen uns auf das nächste Mal, da bauen wir extra eine Bar mit großer Auswahl an Getränken, dort können wir uns selbst einschenken, Durst zu leiden war einmal, denn das war doch die größte Qual.

Die Krankheiten und die Zeit

Hat Magen, Hals- und
Schluckbeschwerden, was soll mit
der Galle werden, Halluxzehe und
Arthrose, ziemlich morsch sind
meine Knochen, nur Diät hilft mir
beim Kochen, sehe kaum was ohne
Brille, jeden Tag ne neue Pille, der
Appendix ist schon raus, muss aber
nie mehr zum Dentist, weil da
nichts mehr zu bohren ist, die Haut
so faltig, müd der Blick, Gedächtnis
geht nur noch zurück, dass man
noch lebt, ist pures Glück.
Man sieht schon bald das Ende
kommen und stellt sich selbst die
Frage, welche Zeit wohl länger sei,
die vor Geburt um Faktor drei, oder
die nach letztem Schnaufer, werde
mal den Pastor fragen, der weiß
doch alles, muss es sagen.

Die Bürsten

Es war einmal ne Lokusbürste,
die war fast täglich in Betrieb,
und die entfernte was da klebte,
und was gelegentlich dort trieb.

Anders dann die Kleiderbürste,
die ging dem Mantel an die
Flecken, die reinigte die Ärmel,
und auch viele kleine Ecken.

Schließlich ist für mein Gebiss,
und dies ist das allerbeste,
denn da bin ich sehr gewiss,
die Bürste gegen Speisereste.

Weich sind manche Bürstenhaare,
zum Beispiel diese für die Haare,
manche sind auch ziemlich hart,
die man für Rostentfernung hat.

Manche hart und andere weich,
sehr verschieden, nichts ist gleich.

Der Universal - Gärtnerbaum

Es träumt der Gärtner einen Traum,
vom Universal – Früchtebaum. Der
trägt den Apfel und die Birne,
vielleicht auch Pflaume, Bühler Art,
und so ein Baum wär doch apart.

Irgendwo hängt da Zitrone,
eventuell auch die Melone, auch
Kiwi und die Quitten, kann man am
gleichen Baum erblicken.

Man spinnt den Faden etwas
weiter, schon beim Gedanken ist
man heiter, wie wäre es doch
wunderschön, könnt man am Baum
auch Erdbeeren sehn.

Inzwischen ist man schon bei
Bohnen, es muss der neue Baum
doch lohnen, und was ist denn bei
Erdenknollen, Kartoffeln nennen
sie die Ollen ?

Er spinnt den Faden zu den Gurken,
und Stachelbeeren und Hollunder,
die Blüten davon tun ein Wunder,
frage einen alten Mann, was der
davon berichten kann.

Tomaten auch in jeder Größe,
können am dicken Ast gedeihen,
Spalierobst wie der Name sagt,
wächst immer in zwei Reihen.

Und überall in dem Geäst setzen
sich noch Pilze fest, die Austern
und auch die Maronen, wachsen
direkt neben Zitronen, und ein
großer Champignon, leuchtet wie
ein Lampion.

Endlich muss man nicht entbehren,
die Himm, die Brom, die
Heidelbeeren, Johannisbeeren auch
im Baum, es wär ein echter
Gärtnertraum.

Ein zweiter Baum

Ein zweiter Baum, das wär die
Wonne, der Baum steht in der
Mittagssonne, daran Bananen,
grünes Kraut, das man wohl im
Salat zerkaut.

Rhabarber wächst an manchem
Ast, das Einzige was nicht recht
passt, das sind die Spargelstangen,
weil die an dünnen Zweigen
hangen.

In dem stabilen rechten Ast, ein
hundert Kilo Kürbis passt,
außerdem wächst auf dem Stamm
neben einer Lausfamilie, ein
schönes Bündel Petersilie.

Man glaubt es kaum dass Ananas
auch noch auf diesen Obstbaum
passt, und doch so ists geschehen
das kann ein jeder selber sehen.

Avocados, Mangos, Möhren, das ist
ja beinah noch normal, und auch
Erbsen, Rüben, Kohl, gedeihen auf
dem Baume wohl. Doch sei
erstaunt, man kann auch sehen,
dies ist ein echtes Phänomen.

Peperoni, Rosenkohl, roter und
auch weißer Kohl, saure Gurken,
Kopfsalat, alles hält der Baum
parat, doch was man nicht zu sagen
traut, dort wächst auch echtes
Sauerkraut.

Die Natur ist voller Wunder, alles
hab ich selbst gesehen, sogar den
Dill, die reifen Quitten, alles kann
man dort erblicken.

Am Baume schließlich noch die
Trauben, in Vino Veritas, wie kann
man solchen Blödsinn glauben, ich
mache mich vor lachen nass.

Die Schuhe

Die Schuhe sind die Fußbekleidung,
sie schützen und sie wärmen,
und wenn sie besonders schön,
wird der Betrachter schwärmen.

Ich habe auch aus Pappelholz,
darauf bin ich besonders stolz,
handgeschnitzte Holland Clogs, mit
eingeritztem Ornament, diese
kaufte ich in Gent.

Wenn es Besonderes sein muss,
schmückt Affenleder meinen Fuß,
nicht nur einfach Schweineleder,
einen solchen Schuh hat doch ein
jeder.

Für höchsten Anlass, und nur dann,
kommt handgenähte Schlange
dann, Anakonda, Natter, Kobra,
passt für Beerdigung und Oper.

Der Neubau

Aus Wasserhahn schießt stark das Gas,
der Gashahn macht den Bauherrn nass,
statt Treppenstufen neun nur sieben,
der Maurer muss die Wand verschieben.

Der Zimmermann den Dachstuhl heben,
das ist bei Pfusch am Bau mal eben.
Nichts ist perfekt, die Tür ist schief,
und aus dem Klo der ganze Mief.

Der Abfluss mit Zement verstopft,
der Nachbar droht mit Polizei,
wenn der Gestank nicht bald vorbei.
Terrassenplatte ganze Lage liegt
außerhalb der Wasserwaage.

Auch ist ein Bretterboden schief,
ich merkte dieses als ich schlief,
der Wind bläst durch die
Fensterrahmen, es ist ein
Neubau zum erbarmen.

Die Steckdosen sind ohne Strom,
und die Scharniere quietschen schon,
dies ist so laut dass mancher denkt,
da wird ein Nashorn eingerenkt.

Im Bad die völlig falschen Fliesen,
ich wollte welche von den Friesen,
und nicht die in behördengrau,
auf die ich voller Grauen schau.

Der Kamin ist ohne Zug,
ich witter überall Betrug,
und vom vollen Brennstofftank,
kommt permanent der Ölgestank.

Das Ende von der Illusion,
es ist schön sauber wo ich wohn,
zerstört durch Mietzes Katzenklappe,
davor ein Haufen Hundekacke.

Nie wieder Neubau, denk ich mir,
und gönn mir dann ein großes Bier.

Die Stachelbeere

Es gebührt der Stachelbeere von allem
Obst die höchste Ehre, denn ihre Stacheln
sind sehr fein, und ihre Beeren sind sehr
klein.

Jedoch ist sie kein Angeber, sie lebt so
gänzlich ohne Geist, denn wie du aus
dem Handel weißt, gibt es den Apfelkorn,
den Kümmel, den Birnen und den
Himbeergeist, und wie das Zeug auch
immer heißt.

Zitronenschnaps und Pflaumenschnaps,
und etwas wollen wir noch holen,
Kartoffelschnaps von östlich Polen.

Stachelbeerschnaps ist unbekannt,
im ganzen deutschen Vaterland,
gemeinsam wollen wir lieber
heben, ein Glas mit Saft aus vollen
Reben.

Alles überlebt

Es ist schon spät ich komm zur Ruh,
und denk über so Vieles nach, ich
mach eine Bestandsaufnahme, bin
stundenlang danach noch wach.

Ich überlebte Donald Trump und
Flaschen ohne Flaschenpfand,
die Grünen hab ich überlebt,
die Teilung meines Vaterlandes,
die Nazis und die Hungersnot,
und immer noch bin ich nicht tot.

Ein Tempolimit nicht erlebt,
sehe Aktivsten der da klebt,
ich überlebte AfD und auch die
Gendersterne, Geist und Hirn in
weiter Ferne.

Dummheit, Geiz, die Gier nach
Geld, alles nichts, was mir gefällt,
und doch ist sie so schön, die Welt.

Was ist ein Lehrling?

Ein Lehrling ist ein junger Mensch,
der noch was lernen soll, jedoch
kam dann die Politik mit
grenzenlosem Sachverstand,
die ein neues Wort erfand.
Auszubildender ist ein neues Wort,
schwemmt jede Logik mit sich fort,
ein Ling ist jung, ein Ling ist klein,
so wird es auch beim Säugling sein.
Dann kam Corona, Impfstation, ich
denke mal, ihr ahnt das schon.

Bin mehr als achtzig Jahre alt,
wie ein alter Baum im Wald,
und dennoch bin ich ganz spontan,
wieder in den Ling getan.
Es schallt aus einem Lautsprecher,
„Der nächste Impfling, komme
her". Bin nicht mehr alt, bin jetzt
ein Ling, wie blöd doch manche
Sachen sind.

Der viele Müll

Abfall, Müll und ausgebrauchtes,
Capri-Sonne ausgesaugtes, Unrat,
Plastik und auch Blech, häufig in
Sortieranlagen die viele Länder
auch schon haben, jedoch
manchmal, ziemlich frech,
schmeißen sie auch Sachen wech,
mal ins Tannengrün des Waldes,
gelegentlich in Straßengräben, das
ist fatal, so ist das eben.

Dinge die sie nicht mehr nutzen,
alte Reifen, Ablufthutzen, leere
Flaschen, Aldi-Süd, werfen sie
wenns niemand sieht, auch mal in
Papiercontainer, in Berlin sieht dat
doch keener, schlimm ist, dass sie
dies nicht stört, doch solches
Handeln ist verkehrt.

Die Tierquäler

Ein Elefant auf Hinterbeinen, ein
Tiger springt durch Feuerring, wir
lachen doch die Tiere weinen, ein
Bär ist um den Hals beringt.

Der Zirkus ist die Folterkammer
einer vollgefressenen Welt,
Mitleid ist ein fremdes Wort,
das Einzige was zählt ist Geld.

Zu Lasten anderer vergnügen, der
Tiere Leid ist ganz egal,
schau einem Affen in die Augen,
dann siehst du seine ganze Qual.

Moderne Welt

Es saßen einst ein paar Germanen
die von irgendwo her kamen in
ihrer Höhle feucht und kühl, die lag
so zwischen Plön und Kiel. Dies war
vor gut zweitausend Jahren, sie
warn zu Fuß und nicht mit Auto
oder Bahn, weil die noch nicht
erfunden warn. Sie saßen und sie
froren, es war kalt: „Erfindet doch
die Heizung bald".

Ein Germane der sehr schlau
wartet auf die Tagesschau, doch
WLAN fehlt in dieser Höhle, und
auch fürs Fernsehen fehlt der
Strom, und die Geisel unserer Zeit,
bis zum Handy wars noch weit, so
lebten sie im Paradies, das damals
Steinzeithöhle hieß.

Wo gespeist?

Ich schleckte in Italien Eis, das man
dort Gelati heißt, trank roten Wein
in West-Paris, das man die Stadt
der Liebe hieß. Spare Rips gabs in
Kellerbar die mitten in Chicago war,
und am Times Square in New York
einen Burger mit viel Pork.

Ananas gabs auf Hawaii, in
Hamburg Labskaus auch dabei,
und in der Nähe von dem Pol gab
es Rentiergoulasch wohl, da waren
vierzig Minusgrade, in Belgien gab
es Schokolade.

In Miami am heißen Strand ich ein
schönes Steakhaus fand, das Beste
aber gabs in Celle, Rotkohl mit
großer Frikadelle.

Merke: Bei Oma schmeckts am
besten, sie kocht göttlich.

Noch etwas?

Dies ist Band sechs, das letzte Blatt,
bin nicht mehr hungrig
sondern satt, will nichts mehr über
Menschen schreiben, bleibe im
Hintergrund bescheiden.

Es lohnt nicht gegen Geiz und Gier,
der Mensch ist doch ein böses Tier.
Die Erde braucht den Menschen
nicht, wäre ohne Mensch ein
Paradies, wie es schon in der Bibel
hieß.

So geht sie irgendwann dann unter,
die Menschen weg, die Tiere
munter, die Vögel, Säuger und
Reptilien, zwischen dem Nordkap
und Sizilien.

Ave Homo, bleibe weg komm nicht
zurück, das wär der Erde größtes
Glück.